黑夜的火车

蒋红平 —————— 著

長江出版傳媒 | 长江文艺出版社

蒋红平，1967 年生，湖北安陆人，医务工作者，中国作家协会会员。有诗歌发表于《诗选刊》《诗歌月刊》《星星》《扬子江》《诗潮》《散文诗》等刊物。诗作入选《新世纪诗选》《中国诗人档案》《2019 年中国诗歌精选》等选本。已出版诗集《醉清风》《水的黑眼睛》《福兰线》。

关于“黑夜的火车”的臆想或其他

很长时间以来，在深夜闭上眼躺下的时候，或者酒后微醺状态行走在街头的夜色里，总能感觉到天空有一列行驶的火车，从远及近轰隆轰隆开来，又轰隆轰隆跑远。漆黑的天空没有月光，有一些暗弱的星星，或星星也没有，只有火车头射出强光，在苍穹留下火车的暗影。它们既不是真实的，也不是梦，只是一种感觉。我不知道其代表什么隐喻，或者什么神谕，它们反复出现，我也反复猜想。

意象派诗歌运动由20世纪英美诗人庞德、艾米·罗厄尔等发起，他们反对后期浪漫主义诗的言之无物、空洞说教、意象模糊的写法，提倡硬朗、实在的以呈现意象为主的诗。中国新诗发展到20世纪80年代中期，诗歌样态与诗歌精神都发生了很大的变化，当下诗歌语言的口语化是诗歌创作主体刻意追求的审美特征。其中一个基本点是：诗歌无论怎样口语化，仍然需要用“意象”传达生活与心灵的丰富性。诗歌是意象的艺术，离开了意象，就没有真正意义上的诗歌。与目前主流诗歌风格一样，我亦习惯于意象诗写作，围绕自己生活的环境构建意象，“城市”“乡村”这两大生活意象，构成了我创作的空间背景和心理背景。

我的诗歌得到了数位评论家的推荐、鼓励，在此仅引用其中几则。李汉超先生评论：“蒋红平是有写作警觉和创造自觉的，他擅长用人性中的真纯善意发现和捕捉深藏于日常的诗意，体察和洞悉自我及外在世界。……笔力聚焦的是人的生命律动和灵魂飞扬，诗歌俨然成为人类命运悲喜剧的现场证词。”（李汉超《孝感诗坛——横看成岭侧成峰》，载于《长江丛刊》）黎修彦先生评论：“蒋红平是从某个物象或者说文化符号出发，抒发对这个世界的虔诚、良善与悲悯情怀。”（黎修彦《现代诗与散文诗——新世纪孝感诗坛》，载于《长江丛刊》）李金辉先生评论：“蒋红平的物象写作等，是向着‘现代’掘进的不同侧面，实际上汇集成一个丰富多样的、很难标签化的孝感现代诗歌景观。”（李金辉《“风土”与“现代”的交织》，载于《长江丛刊》）

诗集《黑夜的火车》，即是用“城市”“乡村”意象来推动诗歌的内在世界。我总是试图寻找和发现城市乡村的自然图景中曾经拥有或现在尚存的诗意，以及流淌于其中的人性的温暖。例如《楝树与乌桕》：“如果不是光秃秃的树枝上/留下一串串苦楝子/我不会想到/初夏时节满树紫色的小碎花背后/岁月的结局//如果不是光秃秃的树枝上/乌桕炸开的种子/如泪花一样开满原野/我怀疑在秋天花一样灿烂与激情的红叶/是否只是爱情的一个错觉//它们分立于马路两侧/不知道是否就是曾经相爱的一对恋人”。此诗即通过“楝树”“乌桕”来隐喻现实生活中的人物爱情，当然也可能是其他什么，由读者自己去体会、感受和解读。再如《惊蛰，遇见一只蜗牛》：“除了你还有更多的小家伙出来——/一只七星瓢虫爬上麦苗/蜜蜂钻进初开的花蕊//蜻蜓三双细脚，夹住新抽的草苔/而螳螂像刚从牢中出逃的/贪婪地将新鲜叶片啃出一个大洞//只有你，像一个饱经沧桑的过来人/背着壳，昨晚趁着春雨爬上枝头/横在天地间不知所措”。本诗亦以“蜗牛”为意象来隐喻现实美好的生活中一些劳动人民的生活现状，并试图用个人的感受和激情来认识、唤醒、改造世界。

《黑夜的火车》是我的第四本诗集，想想自己也惊讶，回顾一路走来的文学历程，感慨万千。自己在医院工作，每天接触的是病人，所学、所从事的药学专业与文学完全不搭界。虽然从 20 世纪 80 年代初的学生时期开始，到参加工作近二十年，一直爱好诗歌，但我从没有想到会出版图书，甚至于连向本地报纸投稿的想法也没有，写作纯属自娱自乐。后来互联网出现，我和一些爱好文学的人聚集在网络论坛，渐渐有了更浓厚的文学环境，逐渐从线上走到线下，加入作协。2010 年，在“诗歌报论坛”的组织下，我出版了第一本个人诗集《醉清风》。

《醉清风》所收录的诗歌是早些年写的，像多数诗友初期写诗一样，这本诗集以情诗居多。而第二本诗集《水的黑眼睛》则记录了在社会飞速发展的时代大潮下，我对于生活的迷茫与思考。该诗集有幸获得 2018 年孝感市首届“槐荫文艺奖（文学奖）”。

因工作原因，我们夫妻分居于安陆、孝感城区两地。第三本诗集《福兰线》主要是写自己往返于两地之间，独自驾车一个小时的车程中的所思所想。G316 国道（福兰线）两侧风景独特，给我留下不少回忆。这部诗集所收录的诗歌有着浓郁的传统乡村风光特征。时光变迁，福兰线沿路的风景有的已经消失，有的虽然存在，但我再见时，也已没有了当初的感受。

而作为第四本诗集的《黑夜的火车》，则融入了更多的安陆及周边城市、乡村元素。这种转变，一方面得益于孝感市作协以及下属各县市作协组织的文学采风活动，这些活动让我对孝感市的文化背景、城乡风物有一个新的视野，获得了全新的生命体验与生活感悟。另一方面，即将迈入暮年，我的精神思想也出现了较大变化，对于人与自然的关系，思考得更多了。

公元727年，27岁的李白来到安陆并在这里娶妻生子，生活了十年，留下大量诗歌。因为李白，韩愈、杜牧、刘长卿、欧阳修、曾巩、秦观等历代文人墨客来到安陆，留下大量吟诵墨宝及石刻珍品，形成以李白文化为代表的安陆地域文化。这种地域文化构成了我诗歌创作的基本底色，形成了我相对固定的审美情趣，诗集《黑夜的火车》即是这种审美情趣的产物。

历史上曾经的郧国、江夏郡、安州、德安府，即我当下工作、生活的城市——安陆。这些古时的国、郡、州、府在时光的变迁中渐行渐远，但此地的文明是永存的，我所体验的、自己所写的诗歌也与之相依。安陆文化有着这块土地的纯净、朴素、神秘的特性，精神宏大、辽阔，而内涵无限延伸，它们是我诗歌写作中抹不去的背景，给予了我独特的生命体验，令我的诗歌具有真实感与体验感。这或许是“黑夜的天空中行驶的火车”意象的唯一答案。

2024年5月28日于湖北工程学院博文苑

目　录

楝树与乌桕　001
新春献词　002
情人节兼致　003
惊蛰，遇见一只蜗牛　004
童年的蛙鸣、蝉鸣及秋虫声　005
春分之一　006
春分之二　007
朱湖潮　008
黑夜我们和解　010
黑夜的火车　011
尽染　012
我害怕柳树　013
再次看到夜空中行驶的火车　014
在春天，诸神从高处走下来　015
雨过天晴之后的一个春日上午　016
草木的缺口正在合拢　017
谷雨时节　018
现代生产车间的比较美学　019
想你的 5 种方式　021

四月的最后一首诗 023
五一小长假所见 024
初夏的雨并非歧途 025
青年节的大雨 026
立夏第一日 027
立夏第二日 028
突然感觉城市的安静 029
520 在槎山 030
儿童节所感 031
太阳花爬上窗台 032
小暑 033
睡莲 034
走过普爱医院大门 035
浅夏 036
父亲的端午节 037
府河速记 038
怀兄 039
一座百年古桥上的枯草 040
雨落黄昏 041
葫芦挂件 042
想起新街命名 043
朱湖，写在古泽上的诗 044
湖水中的水杉 045
季夏 046
在汈汊湖，风推着她的背影 047

夜晚原东方红粮机厂街道前的叫卖声　048
水里的鱼　049
变压器　050
寄往七夕的明信片　051
初秋　052
一颗稻子的心　053
出伏记　054
入秋记　055
处暑记　056
目光　057
接官太空莲　058
中元节　059
燃烧的蜡烛　060
蓝色的中秋　061
秋天的底色　062
河流自由　063
秋天的阳光透过枝梢　064
白露，蒲公英的种子　065
片片梧桐叶儿落　066
春天，我们都是光的孩子　067
阳光斜斜地搁在窗台上　068
春光　069
新春圆舞曲　070
逢春　071
向春天　072

赶春 073
春歌 074
春雨 075
湿地公园 076
春的琴声 077
立春日 078
李白洗笔池 079
春风飞过冬天的窗口 080
安置在时光中的 2021 年女神节 081
桃花仙子 082
耕牛图 083
不要试图进入那亩油菜花 084
清明是一块无形的玻璃 085
致晨雾 087
隐居在菜市场居民区的野猫 088
窗户 089
苦楝树的淡紫色碎花衬衣 090
与岸上的我作别 091
树冠如谜 092
蓝莓 093
车行小满 094
天空有麦子在飞 095
端午的钟声 096
你要看看太阳 097
城市涌起的高楼 098

盛夏的夜晚 099
时光火车 100
腰椎间盘突出 101
冥想 102
夏夜 103
检车 104
夏日 105
黑夜之马 106
召唤的马匹 107
初秋 108
晚风恰好 109
标本 110
秋天落下来 111
衰老的过程 112
大王莲 113
白露 114
秋意 115
隔膜 116
每一种抵达都是离开 117
秋分是脚下碾碎的露珠 118
中秋的兔子 119
行驶在天空的火车之一 120
行驶在天空的火车之二 121
快递包裹 122
山坡上发光的秋草 123

国庆假日 124
夜的风筝 125
底色 126
寒露 127
题雪野河滨公园图 128
冬之扉 129
在秋天的光线里 130
世界上最小的花 131
故居 132
秋天的深度 133
爱的底色 134
墙上的斑点 135
立冬 136
碎片 137
叶子在空中飞 138
冬季序曲 139
飞出梦中的小蜜蜂 140
夜晚看不见一个真实的人 141
我们走远的雨水 142
恍惚西岭雪 143
白纸除了空旷一无所有 144
时间的回声 145
大雪之后 146
观一幅冰上白鹭摄影 147
双峰山冬日旧靶场 148

冬至 149
低谷 150
不安 151
雪从北方来 152
在门诊大厅 153
所遇固执的人 154
黑暗之中 155
冬天的小白菜 156
初冬 157
秋天的花布裙子 158
立冬 159
观音岩 160
此网，彼网 161
房子 162
隐处的生机 163
有生之年 164
除夕爆竹 165
窗花 166
老屋 167
元宵节观水上花灯 168
情人节兼致元宵节 169
雨水 170
土地里长出什么 171

楝树与乌桕

如果不是光秃秃的树枝上
留下一串串苦楝子
我不会想到
初夏时节满树紫色的小碎花背后
岁月的结局

如果不是光秃秃的树枝上
乌桕炸开的种子
如泪花一样开满原野
我怀疑在秋天花一样灿烂与激情的红叶
是否只是爱情的一个错觉

它们分立于马路两侧
不知道是否就是曾经相爱的一对恋人

新春献词

请以府河之水回流，至清明
至元宋，至盛唐
请让李白村的庙会为酒会
为诗为词为歌赋
“白兆山下喜相逢，李白村里觅仙踪”
采舟而回的是李白
踏歌相迎的是汪伦
两岸桃花纷飞，倩女双腮绯红

让我这首乌有之诗给你新年祝福
若寒冬被我秘密招安收入囊中的阳光
洒在你的脸上
洒在你的心上
洒在你新的一年康庄大道上

情人节兼致

我欣喜于时光创造的春风
每一次它吹来，那么多的花儿开了

我不说今天，这个特定的日子
春风没来，我也无力创造

所以天空阴沉
寒冷像挂在屋檐下的小冰柱

代替了腰间的玉佩

惊蛰，遇见一只蜗牛

除了你还有更多的小家伙出来——
一只七星瓢虫爬上麦苗
蜜蜂钻进初开的花蕊

蜻蜓三双细脚，夹住新抽的草苔
而螳螂像刚从牢中出逃的
贪婪地将新鲜叶片啃出一个大洞

只有你，像一个饱经沧桑的过来人
背着壳，昨晚趁着春雨爬上枝头
横在天地间不知所措

童年的蛙鸣、蝉鸣及秋虫声

失眠的我
再也不怕夜晚来临
莫名，像一个人一样陪我
说话，唱歌

如幼儿时的母亲
一会就睡着了。如果声音停下来
我会惊醒
像母亲突然离开

春分之一

祝福熬到今天的人
终于走出寒冷的日子
昨日小院里一位熟悉的老奶奶离去
早一些
还有更多老人离去
他们没有等到草木萌发
没有等到柳丝吐芽
没有等到油菜花开
——春天把他们分到了另一边

春分之二

午后，一场雨突然袭来
微信好友说河南正飘雪花
春天打开一个缺口
想把那些落在后面的人拉上来
我确信有这样的时光通路
我们在小说中叙述着穿越
在地下 2400 米的实验室研究着暗物质
世界有太多未知
其中一道分水岭
通向田野里盛开的油菜花——
大地闪烁的眼睛

朱湖潮

双脚踏进一瞬
就陷入湖水的诱惑，陷入
绿树繁花于人间四月天的包围
或者，飞绕三匝的水鸟若夹道欢迎的神鸟
我们恍惚而入湖水映照出的水天
云在水中，人在天上
不断冲击的画面
一阵一阵眩晕，仿佛梦呓生发

游艇在湖水中穿行
观光道在湖水中穿行。我们骑着四人脚踏车
在湖水中穿行。湖水中的枇杷、无名野山果
酸酸甜甜，我们停车采之
闹啊，笑啊
伸开双手做飞翔状。两小时后，我们将
着陆于三十年后的今天，湖水
是琐碎生活掩盖下一道快乐的隐秘出口

我们用力蹬车，蹬踏着所有的快乐
品鉴草木的清香与湖水的咸腥
酿造出的人间极品芳华

浓浓的情，浓浓的梦
——湖水在旋转
这并非酒精分子呈现的美，若素
你的心，与之相通

黑夜我们和解

黑夜的光
刺眼而显多余

我在光下多出一个影子
影子是多余的
我也是多余的

此刻，如果你和我一起
站在光下
你也是多余的

当光消失的时候
我们和解

黑夜的火车

我曾经想象夜空有一列疾驰的火车
它是黑色的
由远而至
又由近及远离我而去

今夜我依然想象这一列火车疾驰而来
它到达我身边的时候停了两分钟
我是一个专用站点
从天空走下你

尽　染

当黑夜尽染你的身子
你衣服颜色消失
你脸上雀斑消失，秀发丛里
探出的白发也消失

我看见你在尽染的黑墨中
融化
但我努力睁大双眼
在河边奔跑，在黑夜里寻找

当我成为黑墨的一部分
我终于找到你
——那是死神自由行走的一种方式

我害怕柳树

股市 K 线高处跳水
从一枝长到两枝的柳树
三枝，五枝
更多
细细的枝条
它们下垂，下垂

我的心在缩紧
缩紧
它们快垂到湖面了
密密麻麻的绿
大块大块的绿

它们垂到水里了
我的心，被剐出来的感觉

再次看到夜空中行驶的火车

再次看到夜空中行驶的火车
窗前经过，悄无声息
但我能觉察出
她在空中
穿行的火焰

我呆立在窗口，凝滞
成为夜色中
一个巨大的黑洞
和虚无

在春天，诸神从高处走下来

长在车库门口的蒲公英，我知道
那是去年飞去的
还有伸筋草，荆三棱
开紫色、黄色小花的无名小草
开小白花的荠菜
这些故乡旧物，它们都回来了

高大的悬铃木吐满新叶
春风将挂在枝丫上的旧铃铛吹去
天气暖洋洋的
诸神从高处走下来

雨过天晴之后的一个春日上午

你会感觉到心中涌动的欣喜
阳光在屋檐下转弯
照耀到身上

它换下你
一身的灰布粗衣
时针、分针和秒针都是明亮的

柜子顶端的常春藤
吊兰，以及一只没有生命的干松果
也闪着亮光

仿佛这一刻是凝固的
在这小小的空间，我和一个虚构的“你”
共同成为一件美丽的琥珀作品

草木的缺口正在合拢

雨滴正在回到天上，河水流往下游
花朵正在凋谢
叶芽正在长成枝丫

草木的缺口正在合拢
在春天，每一道缺口中都藏有一个美好的事物

比如一片新叶、一朵花儿
一只小猫、一个人

谷雨时节

疑是逝去 30 余年的祖母
给我送来
老家的辣椒秧、茄子秧，还有适合
沙土生长的红薯苗
摆满紫金路菜市场——我居住的地方

我确信这是她送来的
老家原属于我的一小块沙土地
清明回去，看见还荒着
一直代打理的叔叔年纪大了
如今也不再种

现代生产车间的比较美学

偌大的生产车间
没有一个人
——从刚拍的照片看
似停产状态。
而事实是："液压机旁
橘红色机器人手臂
有条不紊地
取片、放片、冲压，
推送给另外一个机器人手臂……
坯件沿着一条生产线
在十几个机器人手臂之间传递。"

这是爱仕达集团安陆基地。
如果时间的波纹再往前推一下，
里面会有
3000 余名工人在工作台上
繁忙地
锻造，敲打，抛光
——他是后来的 1000 人之一，
已从锻造工
转岗为敲键盘、输参数的编程工，

“通过机器人手臂，
每 5 秒钟就能制造出一口锅”

也许，这里不再适合称作工厂。
这没有工人、钢铁花园一样的工厂
该称作什么呢？

想你的 5 种方式

1

夜雷雨大风。橙色
以掀起房屋、大树之势，爱你
以黑色深渊的惊雷与闪电，爱你
以暗夜河流泛滥的洪荒，爱你
此刻，大风 8—10 级
雨量 30-50 毫米，时间
3 小时

2

黑暗如巨人，疾射水箭
风叫嚣着
树叶是夜色飞蹿的鸟儿
中箭落地
车灯照射下哀鸿遍野
若我想你，它们微笑着
呈现出最后的光芒

3

窗前微熹多好啊

清脆的鸟鸣抽出几枝新发的枝叶，鹅黄色

多好啊

仿佛春天我们新生的爱

4

像制作剪映小视频中无限的可能性

你在身边变大，变小

一个，两个；放慢脚步，或者空中飞

突然降临，又突然消失

5

这是一个闪耀的词语

自带光亮的粒子

在虚拟与现实，抑或梦中

突破夜晚沼泽的边界

想你，成为世界最大的宇宙

四月的最后一首诗

四月的夜色荡漾着
不时露出水草
和石头
还有明的暗的星星
天气好的时候
还有明月。镰刀
或玉盘

我日思夜想的
只是想象
现实仿佛一桩生意，总有些折扣
令人不悦
生活因此而平淡

五一小长假所见

把画线的地方敲碎
把水泥地面敲成碎片时间
每时，每分，每秒
在分秒处浇些水

(以免掘机铁头烧毁)
劳动节是劳动人民的节日
它不是人民，是台机器
不用休息

那么多人拥挤在景区
那么多车堵在高速公路
淄博烧烤爆满
挖掘机仍在劳动

小长假最后一日
一天大雨
窗外的敲击声终于停止
挖掘机有了自己的节日

初夏的雨并非歧途

接连几天的大雨
草木正张开嘴巴贪婪地喝着
身个儿噌噌往上长
青蛙在看不见的地方呱呱欢叫
池塘水满等待一轮
新的播种——
我丢开伞在雨中狂奔
仿佛岩石中一粒发芽的种子
在胸腔找到出路

青年节的大雨

无数青年的雨滴
在天空跳舞。有的跳探戈
有的跳伦巴
云南的孔雀舞……

还有翻跟斗的
应该是孙悟空
拔下身上猴毛变的
像一群顽皮的小猴子

立夏第一日

天上蜜罐打破，蜜汁洒落大地上
所有植物都张着嘴巴
拼命吸吮着，拼命生长
它们已经走过了春天的萌发
像一个青年，走入生命的快车道

福兰线的油菜籽日渐饱满
小麦尽情灌浆
悬铃木的叶子疯狂变大变绿

一窝小猫儿在校园一角
等待妈妈回来。雨水打湿了散落的食物
那是昨日几个女生投放未吃完的

立夏第二日

孝感马拉松
——“孝傲江湖，一马当先”

这是无数的植物在奔跑，在孝感
在澴水，在澴川大道
这是无数的植物在生长，在奔跑

油菜籽收割
麦子成熟
麦芒指向天空

这水田小鸟一样落下的秧苗，鹅黄绿的
一棵一棵的，像我们的爱
刚在长大

突然感觉城市的安静

电动车骑行在马路上。行人，汽车
没有鸣笛声
没有汽车、摩托车往日的刺耳声
突然感觉城市的安静

但我知道世界并不安静
一定是我听力减退
或者
噪音的潮水漫过耳蜗
两耳外的事物，已经不易听进

520 在槎山

不再是
我们曾经爬过的
荒野小山路，直通上
山顶的
小寺庙，那次刚请的
木兰山的菩萨
人说
应远不应近

新修的旅游公路
专人值守的驿站。水库
我们在水边
读诗
读“520”——“我爱你”是槎山
最灵验的菩萨

儿童节所感

初夏的雨是天上一个顽皮的小姑娘
她穿一套灰色的大摆长裙
在空中飞
地上行人匆匆往家赶
雨哗啦啦落下

秧苗，小草，花儿
高兴极了，像一群同样顽皮的孩子
兴奋地打水仗，捉迷藏
但天上的小姑娘
不想和地上的它们玩耍
转身换了件七色彩裙
挂在两山之间

太阳花爬上窗台

初夏雨霁，万物竞飞
一些太阳花突然出现在窗台
它们及其他花草
经历去年冬天留下一盆盆白土
也留下我的焦虑
成为生活诸多焦虑的一部分

这就是生活的哲学
太阳花在没有任何征兆中
从土里冒出来
并占据其他花草的花盆
不难想象，用不了多长时间
窗台上会开满红色小花

小　暑

扑面而来的
一定是只小豹子，而不是大豹子
你看它
“嗖”的一声从天空蹿过来
透亮的花纹闪着水色
映在我的车窗上
它这个懂得我们心思的小家伙
夏日吹起
一阵阵凉爽的风
夹杂着密林里草木的清香

睡　莲

伸出水面的莲花
是浮在水面叶子的骄傲
仿佛浮萍般的父母，在人间用单薄的
身子，努力把儿女托起

——读书，读书，读书
一年一年的修行。这浮世
的裂缝，足以飞出一些凤凰

紫色的，粉红的
蓝色的，剑状花簇
中间有父母
太阳形状的心，似燃烧的火焰

走过普爱医院大门

时间长了一种异样感觉：
教堂形状的门柱，下书“普爱医院”
老红底色，金色大字

——曾为漆黑底色，金色大字
更像通往一个秘境

汽车道，人行道，暂停标线
都向着生与死
——一条肉眼不见的通道
很多人的生死历经这里

我每天上下班小心翼翼经过
生怕走错道

浅 夏

清晨的阳光有着雨水的质感，
从天空落下。
落在高处的树叶，
低处的草尖，
静静的湖面，
长长的发丝。泛起金光。

落在琴弦上，发出的声音
把心
划出小小的口子。

父亲的端午节

民俗学者认为，端午节起源于古越人的图腾祭祀，人们在这一日插艾蒲，饮雄黄，挂香囊，禳灾异，辟邪驱恶。

——题记

每年端午前后
父亲都到山野采集大量艾草
挂在门前窗口

晾干备用。晚饭后
用艾草热水泡脚是他每天的日程
父亲一生没读什么书

不知端午节有关屈原、伍子胥、曹娥
等历史人物的传说
他只知道艾草泡脚，舒服

府河速记

晚饭后独自去府河边散步，忆起童年的府河
清清的河水，细柔的沙滩，成群的小鱼儿

那时，我们无忧无虑地在水边玩耍
根本不知道肩负的责任

——把清清的河水弄没了，把细柔的沙滩弄没了
把成群的小鱼儿弄没了

怀　兄

那是一个细若柔沙的日子

我们在公汽上相遇
那么多乘客
像多余的部分。抓紧站立的铁横杆
说一些
如今已不记得的话

多年后，我们再见，总说那次
唯一的记忆
仿佛此生，多次相逢时
似一个心有所属的人
毫无意思

一座百年古桥上的枯草

石板垒成的桥上，长满约 20 厘米高的荒草
枯萎，站立。像一群人站在桥上

没有什么比枯草更执着，它们站在这里
历经了去年春夏秋冬，或者更早的春夏秋冬

——没有返青
像历史上这里站过的人和星星

雨落黄昏

双手捧着脸趴在窗台上看夕阳
伤感，又遇一场雨忽来

雨滴在玻璃窗上涌起
像眼里的泪珠。一滴，一滴

连成一条线流淌。渐渐的无数条线
似零乱的掌纹

葫芦挂件

葫芦藤上的葫芦
是快乐的
像一个人的童年

当被摘下，被晾干，被刻字，被打磨
正如小学、中学、大学、走上社会
有了思想。它忽然感觉忧伤

想起新街命名

我们为街道命名
为草木命名，为石头命名
为车辆命名……
万物有了美丽的名字
万物是快乐的

诗人把它们的名字写进诗中
诗便是好诗
——诗中有了生命
不再是草木，不再是石头
不再是铁

朱湖，写在古泽上的诗

朱湖的诗写在古泽上
——数千年前古云梦泽留下诗行
被风干，被陆化，被浓缩
留下孝感朱湖这小小的一隅之地
但它恒持远古的气息
荷花，湖水，白鹭，水草
站在湖水中的杉木
无不流淌着《诗经》里草木的芳香
和水鸟的灵性。湿地里的
泽泻、菖蒲、芦苇、鸢尾、茨菰、水烛
这些数千年来，身陷低处的植物
依然闪耀着岁月的光芒
在这个夏日
发芽，拔节，开花，结果

湖水中的水杉

去年冬天来的时候，它们的树干和叶子
都呈现枯萎的红
像肃杀的冬天里凝固的血色
今天再次看到，它们与其他树木
与荷叶一样
仍然用碧绿赞美湖水，赞美夏日

仿佛忘记了冬天的严寒
忘记了一年又一年，就这样站立在水中
那么多小岛，竟没有立足之处

季 夏

年轻的时候，总把仲春
当成一匹小红马
你骑着马儿，轻轻走来

半百之后，变成
一匹疾驰而过的汗血老马
扬起的尘土，洒下的血红汗滴

以及拉不住的马尾巴
扫落静夜的萤火虫

在汈汊湖，风推着她的背影

汈汊湖中
莲叶与莲叶就那样拥挤着
互不相让
荷花奋力探出头来

风推着她的背影
慢慢移动到镜头前
撩起她的秀发
令满湖的碧绿与粉红
显得未免俗气

远处，鸟儿在空中飞舞
身边的蒿草，被特写放大
增加了她的神秘

夜晚原东方红粮机厂街道前的叫卖声

这是原东方红粮机厂前的一条
百米许的小街，单行线
2020 年夜晚涌出的地摊，这古老的小街
满街的灯火——我曾形容它是一棵挂满灯盏
直立的古树

今晚，2023 年 7 月的一个晚上
我再次从这里经过
沿路的叫卖声，超过了立起的灯火
它们淹没夏夜的蝉鸣
仿佛岁月的经文

水里的鱼

七月的阳光在水面燃烧
水体升温，鱼儿纷纷潜入水底

它是一个顽皮的小家伙
悄悄游到水面，好奇地看着
浮动的蓝天、白云、摇曳的树影

这些美丽的画面，在 7 秒的记忆里
不断被记住，又被遗忘

这是它不停地在水面游来游去的原因
多想如一尾小鱼儿
学会遗忘，是快乐不断刷新的源头

变压器

这个沉甸甸的金属砣子
天一黑灯就亮了

这个有着坚硬铁心的家伙
外部缠绕上线圈
它的心变得柔软而有磁力
引来生活的美妙

夜晚霓虹
闪烁的景观灯
仿佛天上下凡的仙子
提着灯盏在人间行走

其实它像一个人
装在我残损的心脏上
提供无限动能，闪耀与跃动

寄往七夕的明信片

鹊桥，云彩，玫瑰花瓣，蝴蝶
闪烁的小星星
最重要的还要一轮明月
像一只硕大的聚光灯，将俩人照射

这是七夕的标配

喜鹊啊，请不要等我
请将上面标配的明信片
衔给她。日落之后
我还要继续煎熬岁月的汤药

温火慢炖的瓦罐
我待舀去一层层语言的泡沫

初　秋

阳光的晶粒被放大
像几块透明闪亮的晶片
炸开的蒲公英
仿佛一朵盛开的白花
一柄柄小白伞簇聚在褐色的花柄上
——多像盘踞我们心中
爱的小虫子
风一吹，它们轻轻飘起来飞去
在时光中慢慢地
不见踪迹
蓦然回首，夕阳下一个人的背影
天空一群黑色的飞鸟

一颗稻子的心

抹去田埂
抹去稻草人
抹去茎叶
抹去镰刀
抹去双手
抹去谷壳
余下一颗洁白纯真的心
煮熟，晶莹剔透
为你

——请珍惜我

出伏记

你身着一缕粉红色的裙纱
头顶
撑开一柄绿色荷叶，坐小舟
挥手离去
——伏天仍在这里
你变成一个小小人儿被风吹走

且看，足有你身体二三倍大的荷叶
高高地伸出水面
湖水荡漾
一条小船从荷叶、荷花下穿行而过
出了伏天

入秋记

下午正赶去上班的时间，一场暴雨
雨衣，电动车
我像一条水中飞驰的鲨鱼

雨水里众多的电动车
小汽车
都在奋力向前冲，树叶飘落

他（它）们赶着冲进秋天
把三伏留在原地

处暑记

——今日处暑。处暑即为“出暑”，表示炎热的酷暑结束。

这个清晨，你蜷缩着
躺在边缘微微泛黄的
一柄荷叶里
慢慢睁开眼睛
看着四周

只有空无。一株千叶莲
头顶盛开
不知是否有风吹过
花瓣微微颤动
丝丝禅意

目　光

习惯于
把眼睛藏在天空

喜欢的人
我羞于见之

不喜欢的人
我厌恶避之

陌生人
我瞥一眼匆匆而过

只有晚上，夜深人静的时候
我在天空默默看着他们

接官太空莲

从太空到接官乡长山村
有多遥远，我不知道
莲花像五彩的星星
在碧绿的幕布里闪耀
——我且相信她们是自太空而来
除了太阳、月亮
和宇宙众多星辰，寂寞与荒芜
一定还有什么
值得我们敬畏与信赖

中元节

水面上的莲花灯
天空的柱形灯、圆形灯
那么多的河灯
向下游漂去
向黑夜深处漂去
它们不是盲目的
它们在寻找亲人
一盏追着一盏。今夜
星星撒满了天空
撒满了河水
——这些闪烁的灵魂
比其他任何夜晚
都要多，都要明亮

燃烧的蜡烛

白纸上。火焰像她的秀发
蜡泪像蕾丝衣领
蜡柱像窈窕的身材
蜡座像修长的双腿

蜡烛左边一本打开的书
一只放大镜
蜡烛右边一颗大大的红心
中书“I love you!”
红心左下侧跳出两滴热血
如一双祝福的小手

白纸上边：教师节快乐！
下边：老师辛苦了！
最重要的，白纸之外
若干小段杂乱分布的红线条
似藏在黑色背景里
几个调皮孩子

蓝色的中秋

简单点，且把
日子里所有的思念变成蓝色

蓝色的
天空、大海、圆月
星星、云朵

在脑海无比冗杂的思绪里
让它
略微透亮

只为我们
可以
在浩渺里
找到彼此的光点

秋天的底色

辣椒，花生，杂草
众绿喧哗
但终将离开
秋风秋雨
——直至最后一片叶子飘落
它们才静默，枯萎

昨天你在田野
发来现场采摘的照片与视频
鲜红的辣椒
在太阳下闪烁的光亮
似乎在证明
植物们荣耀的一生

河流自由

我们确认上游的闸门打开
眼睛里涌出哗哗的河水

我们曾经在对方的眼眸
驶入一条挖沙的铁船，挖啊

挖啊，我们义无反顾地挖
挖光沙滩，挖穿河床

留下坑坑洼洼的臭水荡
垃圾、泡沫

但我们终于等来一场泪水
冲走一切

秋天的阳光透过枝梢

阳光透过枝梢，旋转飞舞
有着金黄、浅黄、红褐色银杏叶子的
大裙摆旋转展开
叶脉像一根根纺织在裙摆里
曼妙的金丝

阳光是隐身古老银杏树上的
飞天仙女
为又一个金色的秋天而舞

白露，蒲公英的种子

秋天是快乐的
一粒飞翔的蒲公英种子
在清晨降落
它白色的降落伞
正中心镶嵌一颗硕大的水晶
无数小水晶珠镶嵌伞上

忽略了阳光、风、周边的风景
眼里只有脚下的土地
它要扎进去

片片梧桐叶儿落

秋天一直很美好，为什么说是悲秋？
田野里，金灿灿的稻穗，还有很多
成熟的瓜果。哪怕是被一阵秋风
吹落梧桐叶儿——红的，黄的，褐的，绿的
它们静止在画面中，未曾落地
像在空中飞的大雁
长长的叶柄是长长的脖子
叶片是展开的双翅。你如果仔细看
会发现它们正在整理队形，朝家的方向飞去

春天，我们都是光的孩子

夜空路灯下闪烁的雨丝，山花像星星闪耀在早春的山峦
脚下纷飞的深浅不一的春草
阳光下寸方的洗笔池冒起一串串小水泡 。还有声音
清晨的鸟鸣伴随雨水在屋檐滴答滴答
空旷的田野中绿油油的麦苗拔节
千万朵油菜花一朵簇挤着一朵黄灿灿的声音

在春天，它们都是光的孩子
我喜欢这些光的孩子
喜欢在夜深人静、在清晨、在喧嚣的大街
闭上眼睛静静聆听它们的声音
看它们在阳光下跳舞，在雨丝中飞翔
如报春的小燕子，路边比美的桃花樱花海棠花紫荆花

我喜欢这些春天的孩子，置身于它们中间
在街道、在公园、在村野，走走停停
我仿佛是它们的一员
眼睛里呈现出尘世无限的光芒、欣喜、希冀、温润和爱恋
我们都是光的孩子

阳光斜斜地搁在窗台上

这是元旦的上午，阳光斜斜地搁在窗台上
清晨，燕子老师发来元旦的祝福
藏地、藏衣、藏歌的燕子青春芳华，风姿绰约
她说这是“爱字幕”app 制作的

不禁想起过去一年流行的“元宇宙”概念
或如此吧，此刻窗台上
金色的光柱
一定通向元宇宙多维的秘境之地

多好啊，18 岁的我也从这个空间走出来
西装革履，玉树临风。甜甜地微笑
向你道声
“新年快乐 Happy New Year”

所有过去的日子
都只是曾经穿过的一件外衣——看
这里无论哪一件衣衫
都风华正茂，朝气蓬勃

春　光

春光，从来不只是一束光
鸟儿比人类更懂

此刻，园圃中众多的鸟儿
春光是食物

认识的跳来跳去的灰喜鹊，黄绿色羽毛的鸟儿
麻棕色的比喜鹊稍大的鸟儿不认识

春光是树枝上尚未落下的种子
是树脚下枯叶里的虫子

还有那些逃过鸟儿眼睛的种子
在枯叶下星星般发芽

春光是一个人的心情，在晴朗的冬日
吐出初心

我寻思这颗初心
该不该让一只觅食的鸟儿，衔去

新春圆舞曲

仿佛漫天的白蝴蝶，
在灰蒙蒙的天空飞舞。
春节前，
一连数日绵绵不曾停歇的细雨后
雪，终于来了。

仿佛一艘岁月的大船
终于抵岸。
人们不及下船，
吐芽的柳枝刹那间从岸边
伸了过来。

逢　春

路灯下的光华
宛若夜空里流淌的白银
我想到
午后阳光的孝感东站背面
的槐荫公园
水边草地上蹦蹦跳跳觅食的两只黑喜鹊
墨黑的羽毛中
一小处纯白
像一束春光
绿芽在光秃秃的樱花树上显露初影
静静的，无风
正如今夜无风
我已然感受到落光叶子的悬铃木
静默的铃铛下
空气的暖意

向春天

在河滨公园，众多的铁树
银杏，垂柳，女贞
桂树，紫荆树，水杉
被关进铁丝围网中
马路的另一侧，几篼竹子
仍然迎着寒冬的雨，抽笋萌发
我一个人在雨中走着
没打伞
顺着竹笋的方向
若树脚下星星般小草一样
能感受到岁月的暖意

赶　春

春天的引擎启动，小鸟是最先出发的
桃花居左，杨柳在右
我们紧跟其后

那么多的山花啊，翠绿啊
蛙鸣，还有风筝
像地上春耕的牛儿，争先恐后地耕耘着天空

远处山峦群峰，在春光下
越来越清晰
似一只只跃起的神兽

春 歌

众多鸟儿在不远处鸣叫着
进入耳朵
嘎嘎，喳喳，叽叽
有灰喜鹊、燕子、麻雀
和叫不出名的

在柳枝上、悬铃木上、鹅掌楸上
春日里狂欢
阳光托起它们的翅膀
风中飞来飞去

我的心像一架经年未曾弹响的古琴
被它们拨动

春　雨

黑夜请来的雨水美人
在这个缺水的早春，一滴，一滴

柳树摆动长长的发丝，黑暗中吐出嫩芽
桃花羞得通红，悄悄绽放

空气中弥漫着久违的温润
生灵们放下幽怨，迎接这个节气莅临

我的心，这个夜晚
像一株植物，被打湿，被滋养

湿地公园

多像一位美妙的女子。杉木，芦苇
盛开的花儿。小径，池水，夜色中亮起的景灯

你看多像她的眼睛、耳朵、小嘴
还有呼吸的肺、跳动的心
布满小管的肾

湿地虚构了一个人的身体
她的丰润以水为主基调，自由，飞扬
还有身体里虫鸣，鸟语

春的琴声

远山，空谷。孤翁
能感觉衣衫下的冷。胡须如茅草般疯长
背后山坡，黄草不长

雪，满眼的雪
席地而坐，置琴于双腿
左手抚琴，右手纤弱的指尖
轻轻拨动琴弦

琴声跳过屋顶，爬上空枝，钻入石缝
像一条虫子
雪层下传来吱吱声响

立春日

雨色中，我看到楼下花坛
一只麻雀
不停从地面跳到光秃秃的
紫荆上
飞上去，飞下来
飞上去，飞下来
它是不是做窝？好奇怪啊
通过手机的远镜头
我清晰看到
它正把地面一粒粒绿色的星星
种在树枝上

李白洗笔池

早春，山脚下的池水淡黑。千余年后
仍留有淘不尽的墨迹
不见底

米粒大的鱼儿
水面游动。它们是墨？是诗仙的
诗文在池水中散开？一行人

踏新，寻旧
白兆山是新的，你看它新渠新路
还未开花的新桃枝

也是旧的。被雨水冲刷
裸露的山石，如匠人的精心雕磨

春风飞过冬天的窗口

春风飞过交织的网线，飞过石棉瓦房顶
像一只快乐的小鸟
落在一袋米上，落在一桶菜籽油上

这位孤儿，十岁，多年前父亲离世
母亲离家出走，爷爷照顾
他们是孝感义工联的，每个周末都有义工活动

妻说今天去五家
两家送了 1500 元，三家送了 1000 元
“义工联哪来的钱物”
“爱心捐赠”
这尘世总有额外的温暖

安置在时光中的 2021 年女神节

多少年以后再回忆
这一天什么也不会想起
这里记下：
静静的校园，天气阴
下午，有微光从云层透出
小贩在楼下叫喊着
“回收旧电视、旧空调、旧手机
旧电动车、旧摩托车”
大姑娘在昆明，小姑娘在武汉
妻早上出去说回家吃晚饭
我寻思着，给一人发一红包

这日注定在历史中不会被记住、编辑
不会像正在播放的《伪装者》：
1940 年的上海，除夕夜
在人们的不知不觉中悄悄来临
雪花，烟花
和战争隐匿的撕裂声

桃花仙子

从枝头那个小小缺口
缓缓走出来
——那是去年冬季
离去时
我在树枝上刻下
你的名字
留下的切口

你看，与你一起走出来的
还有满树的桃花
为这一刻
桃树的叶子把所有委屈都埋在心里
不曾露头

耕牛图

他又在画耕牛图
方方的水田
戴草帽的耕者
高高的裤管挽起
弯腰，扶犁，扬鞭

一个缩小的身影
一直在脑海
在越来越模糊的记忆中
那是父亲在耕田，“我要把它们记下来”
他说
“它们正在钢铁电气中消失”

是的，耕牛们正在田野
在清晨的露珠中消失
留给我们的仅仅是梦中的
深邃的目光。和
给孩子们识字的一个词语

不要试图进入那亩油菜花

在乡村一卷土色的画布上确定一块下笔
先画上绿，然后再
画满金黄覆盖住所有的绿——
与普通绘画不同
这是一个必需的过程

当满野的油菜花开放的时候
请你不要试图进入
否则你的臭脚会像一只浸染黑墨的败笔
毁掉一幅春天的好画

清明是一块无形的玻璃

你在玻璃后面看着我们上学，工作
在路上，在单位

看着小蜜蜂似的人在忙碌，看着
小鸟在欢叫，看着蝴蝶
在飞舞

还看到村里孩子越来越少
曾经的一代人，依然耕种不多的田垄
油菜花金黄，萝卜花像白纸花

小麦和蚕豆仍如我们童年
矮小，瘦弱。清明前的雨整整下了一周
在我们赶到这层透明的玻璃前

雨突然停了，仿佛你神手一挥
但我们依然看不到你

杂草野树将一个小土包吞没，将一块简陋的
水泥墓碑隐藏。我们艰难地穿过
泥泞的田土，穿过湿漉漉的麦丛

草木，和我们胸腔中这湿漉漉的惶惶不安的心
——怕被你看到

致晨雾

清晨的福兰线
众多的道旁树栽植于白雾的土壤中
我在想
这雾中一定富有水肥养分
雾的土壤里
还种植着钢铁、行人
窜过路口的野兔、闪耀的交通灯
移动的，不动的

更多意犹未尽的想象
不被自己理解，或终被忘记
但我仍愿意在雾的土壤
种下些许文字
仿佛爱。祈望它们
长出前所未有的特殊粒子
——量子
被幸福纠缠

隐居在菜市场居民区的野猫

像孩子凄厉的哭声，午夜
留在窗户玻璃上
早上起床赶紧将那些声音擦干净
下午回家，遇到它在楼梯口
“嗖”一下跑走了

这是菜市场的居民区
青瓦房与老式砖混楼房之间夹缝般
无人惊扰的小巷
一群野猫隐居于此，如一群隐者
闹市中的世外桃源

喵，喵，喵——
声音被刻录在矮墙上、青瓦上
楼梯上
层层叠叠，不被人看见

窗　户

这扇新换不久的铝塑窗
把手断了

这之前，是父亲年轻时亲手做的
钢筋穿过木栅栏的玻璃窗
更早，是木格窗
窗户上糊着白纸，祖母在窗下纺线

现在，这扇窗关不上
冷风灌进来
像一些逝去的人影
伴随窗外停车场
汽车防盗器被触动后发出的尖锐叫声

其中一个人
正把窗户撑着
想让更多的人进来

苦楝树的淡紫色碎花衬衣

层层叠叠淡紫色细碎小花
开满池水边，在翠绿的树丛中
分外显眼。这是楝花
想起那个年代初夏
大姑娘们衬衣上的小碎花
后来，楝树渐渐退出庭院、街道、花坛
取而代之的是月季、蔷薇
还有苦楝同门
优雅的合欢、流苏
伴随五颜六色的裙装、旗袍、汉服

与岸上的我作别

每天都在寻找可以停下的岸

每天都和岸上的我作别
每年有 365 个我
站在岸边与一条从没停止漂泊的
船上另一个我挥手

他在寻找
唯一的真我

树冠如谜

住在楼上的好处在于可以看到
楼下的风景
桂树，紫荆，新发的竹子
还有倚窗台六层楼高的意杨
——树的顶端
新生的叶子正努力向上生长

童年喜欢幻想树顶是什么样子
像天宫
住着神仙什么的
我也想如小鸟一样去他们家里做客

此刻，站在窗前
这高低起伏的树冠微风中轻轻摇动
我相信在树顶
依然有什么向我招手

蓝　莓

盛装的季节
山地，农人
沃土据说是从北方的大森林运来的

大海的蓝，被从天空裁取一块
披于一颗小小浆果上
海水的苦
被浓缩，再浓缩
终于变为甜

车行小满

除了麦子，众多的雨露和阳光
被灌进叶片中。清晨
行驶在福兰线上，仿佛也在赶赴一场
灌浆的盛会

寻找一份灵魂的归宿。这时候蛙声隐退
寂静的田野，窗外的风声
把你带向一片片绿色的禾苗，道旁树
失眠，焦虑
在初夏巨大的浆果中找到圆满

天空有麦子在飞

天空有麦子在飞
在小满，有樱桃在飞
南方的芒果在飞

它们有着羽白色的翅膀
像一道道闪电
在天空飞

你看，在清晨
山坡上的樱桃张着光亮的小嘴
公园的芒果跌落在草坪上

只有中原的麦子还在继续向前飞
它要等到更大的圆满，仿佛你梦中飞行
从未落地

端午的钟声

这是利用废铁犁做的最简易的瓦片钟
五十年前乡村小学最常用的

一群老人正在福利院中的一小块田里锄草
听到钟声
他们马上从田间回来
今天有医院来福利院做义诊活动
检查眼睛、心脏等
老年常见病
这里大多是孤寡老人，七八十岁或更年长
有残疾、智障的
残疾老人被用轮椅推着

一个个像孩子一样整齐排队
今天的钟声最好听

你要看看太阳

我不止一次想象雨水是从土里长出来的
太阳是从土里长出来的
今天大雨淅淅
路边的行人打着雨伞
卷起裤管，雨水依然打湿他们的鞋子
但我坚信
太阳明天会从土里长出来
她和雨水是孪生姐妹
当我此刻站在窗前沉思的时候
眼前的景象
是不是太阳的隐喻
这雨水打在玻璃上滴答滴答的声音
是不是她在温柔歌唱
而在晴天，你是听不到的

城市涌起的高楼

现在的孩子，比三四十年前的我们
可高多了
站在八楼，我看到城市近几年涌起的高楼
比原来的建筑高出一倍多

我惊喜于发现世上这种共性
一些毫无关联的事物
在一致的光阴中，总能保持相同的生长
节奏

盛夏的夜晚

盛夏的夜晚，适合带孩子
寻找草丛中白天看不见的事物

她的小手电照住树上一只
正在啃吃树皮的天牛
欲伸手打死

“且慢，自然界生物
都是相生共戚的
不要去打扰它们，破坏生态平衡”

我认出那是童年我欲抓住的那只天牛
当年也是这样啃啮
留下小小洞眼与沟槽
一群蚂蚁穿梭

再次见到，似乎觉得
我是其中一只
树皮上的洞眼是故乡的老屋

时光火车

十字街头，二层砖混小楼
电线杆
渔网的电线、电话线
自行车，行人——

这 20 世纪 80 年代初的画面
所有的过去都在张望
今天
2021 年 7 月 18 日星期日
此刻

高速公路，高铁
宽阔的大街，川流不息的车辆
还有地铁
在地下悄悄穿行
一个人坐在窗前
校园静静，树叶轻轻摇动
心中一列时光的火车疾速而过

腰椎间盘突出

突出的地方是一座山峰
经历多少年才抵达
而抵达
却是一剂毒药。痛
从腰，坐骨，大腿，一直到小腿
一条线

按摩，牵引，针灸，拔罐
痛，持续的痛
不能站，不能坐，不能躺
数月

那年去陆水湖
你带我去佛前虔诚跪拜
顿觉疼痛减轻
回家后无论行走、静坐、站立
总保持卑躬屈膝的姿势
痛疾渐好转、痊愈

忽然明白
生活的敬畏之心

冥　想

黑暗长满无边无际的
茂密的黑色叶子
但总有一些叶子闪耀灵光
在夜晚
尤其是闭上眼睛
它一定会出来
仿佛深夜茫茫大海中你见到的
灯塔之光

它贵若神灵，却从不吝啬于人间
我喜欢闭目凝神
等待这位翩翩起舞的仙子
神秘呈现

夏　夜

白天的事物
就是飞速旋转的叶轮
在夜幕降临时
被黑色的丝网缠住
停下

被缠住的还有树枝上睡觉的小鸟
草丛里的青蛙
睡梦正酣的人儿

而一只天牛正在凿啃树皮
流动的萤火
几只蛐蛐正在暗处欢叫

它们，是世界的另一面

检　车

八点不到进检测站
仿佛进医院
给人的肉体体检

外观、尾气、车灯、刹车
等等
是对我的听力、视力
内脏功能
和神经的检查

结果出来尾气稍超一点
小师傅说
早上来早了，冷车，汽油燃烧不充分
去修车厂清洗，多跑一下
中午再来

车开了 12 年
和我一样，胃肠功能等多方面退化
放出的屁臭臭的
但又似
与一个人长时间相处后的情感
一直不舍得离弃

夏　日

城市的喧嚣，除了
清晨的鸟儿
汽车的引擎声和远处
若隐若现的蝉鸣

更多的萤火虫在角落里爬行
把城市的光
一点点
悄悄积攒起来
带回
乡村的夜晚

黑夜之马

黑夜是无数奔驰的骏马
噔噔噔噔的马蹄声由远及近

踏过我的耳膜
脑海、胸膛

开灯的一瞬
马儿一闪而过

它们是去征战戍疆的士兵
还是来传递消息的信使?

我关上灯
等待有一匹马儿停下来

召唤的马匹

夕阳在云层背后藏匿
下沉。浮云
仿佛不可逾越的山峰
一匹马儿
极力向上冲去

扬起的尘土
踩踏的荒草
仿佛受其感染
也一起向上飞去……

这向上的力量
磁石般吸引
我的心宛如天空的鸟儿
奋力飞向远处

初　秋

秋天的模样在参差不齐的
带白绒毛的蒿草尖上
在狗尾草竖起的尾巴上
悬铃木的叶子
在接连几天的秋雨后
露出枯褐、焦虑之色
福兰线像一个
很久没有理发、刮胡子
没有更衣、梳妆的流浪者
而树背后的稻田
依然像一块块接受检阅的
军人方阵，整整齐齐
绿色的，更多已微黄
泛起金色的微光

晚风恰好

晚风从夜幕的裂隙中
吹进阳台
一棵盆栽的辣椒
长成树
看上去像一个缩小版的村落

落叶轻扬
一个人的心思展开翅膀
飞回
叶子后面的故乡

标　本

陈列馆里众多标本
写着时间
地点，写着特性
或许还有生活故事
唯独没生命

它是一只枯槁蝴蝶
昆虫，小鸟
或者浸泡在福尔马林中
的人体标本

如果让它们感染一个简单的
有生命的 RNA 培养
会不会复活

秋天落下来

天空黑沉沉的
雨在分丝路上分丝
一头是地面
另一头挂在高高的天空
还有理丝，织布
天上仙女
正在纺织人间的秋衣

——在孝感，这一定是真实的：
每场秋雨降临
都有凉意
我们却总能感受到
秋雨背后说不出的温暖

衰老的过程

太阳在皮肤上跳舞
在头发上奔跑
在清澈的眼眸里游泳
你看它多英俊呀
仿佛一个青春飞扬的少年

但它太顽皮了
它将青丝染成白霜
它在眼眸中喂养小金鱼
在皮肤上种植秋天的苍耳子

这时候它不是阳光啊
它是紫外线，是炙烤的烈日
是天空
燃烧的熊熊大火
将世界燃尽

大王莲

必须是清澈的水，
必须有明亮的阳光，
必须是不见一丝波纹。
绿色的蒲团在水面铺开，
一只，两只，三只，
更多，静静等待着天上仙子莅临。

你看，远远的，她们来了，
她们手捧圣洁的莲花款款而来。
她们是池塘摇曳的花儿
——大红的莲花，绿色的莲花，
层层叠叠的，花瓣儿
牡丹般的莲花。

昨日的尘土归于昨日，
水底的泥污归于水底。
人间的美好在真实与虚幻的蒲团上
找到生活的慰藉

白　露

晶莹剔透的露珠下
翠绿的叶子
多像孩子们清澈的眼眸里
时光的颜色，怦然心动
凉风悄拂，落叶轻飞
阳光穿过
草叶上的水珠
散射出一串串珍珠般的光晕
留在镜头
一只蚂蚁身材高大
在一片侧卧
透亮的枯叶上
爬行，深色的叶脉
仿佛交织的高速公路、铁路
返回故乡

秋 意

山川草木之黄，
仿佛一场火的烤炽。
绿色被耗尽的时候适合
拼接一幅秋天的贴画。

天气转凉，言者说，
枯黄是山野最好的秋衣。

白鹭在浅滩觅食，
流水抖落身上的尘埃，
悄悄起身；露出水面的两排树桩
连接两岸，
仿佛由此穿过岁月的轮回。

隔　膜

这秋天的午后炽烈的阳光

我不能看到阳光致密的粒子里
爬行的蚂蚁
或者，潜游的小鱼儿

只有一株株树的影子
坚定地站在那里

——它们让窗户背后的人
看到自己

每一种抵达都是离开

明天是一只梦的鸟儿
那么多期待的眼睛
在天空飞翔

明天又是一片梦的云彩
抵达的时候
大雨，哗啦哗啦从天空落下来

此时你已身在今天
回不去的昨天
是一个找不到回家之路的孩子

秋分是脚下碾碎的露珠

午后的阳光
是一个孤独的行者
几缕白云
似当年浅蓝色的长裙上
飞起的白鹭

风，是唯一的故人
白露之后，季节
像那些时常吵架的小夫妻
一定要分出彼此。它说
每年夏天离开
泪眼婆娑
碾碎脚下一片草丛上的露珠
季节由此变凉

中秋的兔子

这一只天上银河之遥的玉兔啊
月华如昼
它所思念的，隐身于田野山村的
兄弟姐妹、父母亲人

它竖起机敏的耳朵
它瞪着红红的眼睛
此刻地上的它们
也一定静静蹲在草丛中看着，听着

——黄昏以后
福兰线那么多的兔子
穿过车轮的危险，赶赴一场盛会

行驶在天空的火车之一

那行驶在天空
无声的火车
城市的灯火永远不会是
你的铁轨
那行驶在漆黑的暗野中的火车
我在灯光下看见你的美

在安陆火车站静静的铁轨上
隐逝的火车
从家住府河边出发
界牌站进站的火车
从今晚大街上偶遇的大师兄
退休证上的火车

夜的火车在灯光中被吞噬
却又被重塑

行驶在天空的火车之二

夜色中天空疾驰的火车
虚妄中
作为一个平常的人
我一无所觉

那些张扬的流光的粒子
我总在臣服它
正如屈服于狭窄的街道
屈服于脚下的荒草

屈服于庸常的自己

快递包裹

“11 · 11” 后，大学快递分拣点
包裹堆积如山，方方的纸盒子
像一个个小房间。我总似一个虚妄者
固执地认为
小盒子中一定住着一个人
有血有肉，姓名电话
他们一定是万千光阴中
走失的亲人
在时光某次流转的瞬间
偶然相遇

山坡上发光的秋草

最好的时机，是在夕阳沉下的一瞬
你能看到山坡上
那些秋草，浑身散发出奇异的光芒
草叶粼粼，五光十色
如水面荡漾的波光

这时候请你不要
停车涉足
你的影子将会被拉得很长
如一个碾踏山川的巨人
惊飞这些鸟儿一样
羽毛发光的秋草

国庆假日

艰难爬行的高速公路
人满为患的景点
距离并不遥远的远方
但人们这样奔波
如一群群蚂蚁
把国庆涂上一个个红色的亮点

与众多人相比
我在周围不足百里的范围行走
依然能感受到假日的翅膀
卷起的漩涡
老人，孩子，中年的夫妇
一家人
在山水间，在农家小屋
在灯火与繁星交织的秋夜
其乐融融

夜的风筝

夜空一串长长的光点
我确信
那是风筝，那年春天也是这里
见过的蜈蚣风筝

朋友说无人机，或者其他什么的
“秋天哪有什么风筝啊？”
但我依然坚信

我喜欢这夜晚，这漆黑的天空
湮灭的浮华
露出真实轨迹
它在空中飘飞的样子仿佛我自己

一只翅膀上闪烁光亮的蝴蝶
飞起

底　色

夜空以它深不见底的容器，墨
自黄昏后不断涌注，消失的云彩
吞没了白昼巨人

他在承受。一个癌症患者
突变的细胞，正在侵蚀他的肉体
像黑色吞噬光亮

在江滩，有一串长长的
夜的风筝闪亮
像一个人的灵魂在空中飞

那是他抖动的手拉着丝线
牵着另一个自己

寒　露

众多叶子飞去
只有一片留在枝头，鲜红如血
这是一片枫叶
叶尖上挂着露珠，更多露珠在枝梗上
一串串
仿佛一个泪流满面的人

我想到深秋
想到夜晚
想到梦
——寒露是夜晚坠落的星子
梦
在露珠上闪光

题雪野河滨公园图

这如炭笔画的枝丫，这
几多弧形水岸

茫茫的雪野。这
摄影师的镜头下
冬天的寒

河滨静美，涢水碧波的蓝
的凝结，在一个时空的安存
这里有小舟，有岸晓

千百年来另一次抵达
——仿佛絮语，诗文，青草
杨柳
晓风，残月

冬之扉

冬天的扉页
是一张薄薄的窗纸
在风吹破前每一只蚂蚁
都在贮存食物
每一只鸟儿
都在加固树端的雀巢
土墙上的野蜜蜂
将漏风的洞眼堵住
还有杉木
脱下枝丫上的重负
宛如刺向天空的剑

在清晨，每一滴透明的水珠
都变得霜白，凝重

在秋天的光线里

被秋天的阳光穿透的
枯黄叶片
呈现出生命与季节的厚度
像一位布道者
透亮的光穿过树丛

金黄的，金红的
这些盛装的叶子都在闪闪发光
我走向落叶
走向光
自己也仿佛是一片发光的秋叶

世界上最小的花

百度说世界上最小的花
是无根萍
花朵小到肉眼看不见
大约 12 株累在一起
只有一根大头针的大小
如果用显微镜
你一定能看到这些盛开的花儿
与所有的花儿一样
青春，娇艳

生活中又有多少东西看不见
听不到

故　居

一定是名人
一定有故事
一定在这里住过
房屋被后人
以曾经的样子精心修缮

我是一个没有故事的人
我是一个没有故居的人
我学习别人的故事
我参观别人的故居
我是一个丢失故乡的人

秋天的深度

不同于春天
草木的叶子都被镀上金属的质感
金黄的，暗红的，锈褐的
是金，是铜，是铁

但这秋天的铠甲并不坚固
秋风一吹，仿佛日晒夜露的蓑衣
余下光秃秃的枝丫

只有那些女贞木依然枝繁叶茂
像满头秀发
暗夜中婆娑的仙子
一滴一滴灌浆
变红，变紫，变黑
一粒一粒的女贞子
惊喜于寒霜中的圆满与宁静

爱的底色

把你从时光深处
提炼出来
像一针永不消失的造影剂
注入眼底血管
这样，每次睁开眼
都能看见你

哪怕外面的世界再精彩
繁花流萤，蜂蝶飞鸟
天空飘飞的白云
夜晚闪耀的霓虹
生活众多过往
你都是它们的底色

墙上的斑点

那时墙面洁白无瑕，“啪”的一声
一只苍蝇被拍死在墙上，留下一个小黑点

越来越多的斑点
被留在墙上，成为生活的记录

上面仿佛可以看到一条通往昨天的小路
有迹可循的高山、大河

还有更多隐形的留在时光的墙面上
斑斑点点的粒子

像一本只有自己读懂的私密天书
它是我们并行空间的记录

立　冬

白霜如绒毛，长满
落光叶子的枝条
一束垂直向下的鲜红小果
还在睡梦中
——不知名的果儿，外面也裹上
御寒的霜衣

昨夜的风，翻过屋顶而来
远方微信说
寒流，注意保暖
——光阴在草木上燃烧，在眉间燃烧
铁皮屋顶能听到夜晚结霜的声音
我知道它来自苍穹，奔向
生命的某个瞬间

碎　片

更多碎片在大脑中出现
那是众多的记忆细胞凋亡
无法再生
事物的玻璃碎片仿佛尖锐利器
在黑暗的空洞中飞行
闪光

（王主任说，你叔叔脑血管意外后遗症明显
术前检查让他呼气，吸气
测呼吸功能
似乎完全听不懂，反复几次都未成功
手术不能做）

我知道叔叔脑海中越来越多意识的底片
在破碎，消散

叶子在空中飞

立冬了
突然而至的降温
众多的叶子在空中飞
仿佛返乡的鸟儿

一只蚂蚁
爬上一堆干牛粪顶
纤细的双臂
像举重运动员
颤颤巍巍
举起一段粗大的树枝
向太阳
挺直身子

冬季序曲

黄昏。镜头里
金灿灿的云
挂在老槐光秃秃的树枝上
虬曲的古树
仿佛穿上冬天的裘衣

夜。神奇的魔术师
空中轻轻一抓
一块黑布
随手而来，蒙住一棵大松树
装模作样
吹一口黎明之气
揭开布
一位雾凇女郎迎面走出

飞出梦中的小蜜蜂

飞出梦中的小蜜蜂
就生活于我身体某处。那是童年
老屋土墙上一个阳光正好的初春
钻出来的一只野蜜蜂

那个春天，它扑腾着双翅
慢慢从洞口飞出来
正如现在
时不时从我的梦中飞出来

如果把维度再放开一些
出现童年土墙上的洞口是一个梦
如此，现在常常做的梦
也一定是土墙上的那个洞口

夜晚看不见一个真实的人

夜晚的景观灯下
草木被染色
游人也都被强行化妆

仿佛一株塑料树
一个假人
湖水更是一池彩色的油漆
怎么洗也洗不干净

这个时候看不见一个真实的人
关掉彩灯
余下的也只有黑

我们走远的雨水

一夜细雨缠绕在紧闭的玻窗上
有着黎明的光

他定格在左侧窗格中
窗花与雨滴留下小院中落寞神情

她定格在右格窗玻璃上，蜷缩于右下角
空白处的文字

雨滴的底纹，上书“昨日青空”
大大变异字体

下正楷，“你们在一起了吗？”
——那些我们走远的雨水

恍惚西岭雪

覆盖西岭的雪
洁白如裙裾
小仙子坐在山巅不愿离去
黄鹂鸣叫翠柳
似催促贪玩的她回家

泊在空中的红缆车
似节日里挂起的大红灯笼
——眼神不好的人
从远处看
是神仙离开时
留在积雪上深深的脚印

白纸除了空旷一无所有

谷物、豌豆花、蓑草
还有更多肿瘤、囊肿、脉管炎

中年以后，越来越多的失去
你不希望的，你希望的

控盐、控脂、控糖
生活的白纸化，是一种趋势

你应该因此而惊喜
白纸除了空旷你一无所有

你的心应该轻松一点
像纸片一样飞

时间的回声

午夜醒来，寂静的黑中
只有时钟的声音
滴答滴答，滴答滴答，重复地响着
凝神细听
众多往复的声音中
又分明听见
一两种不一样的滴答
轻轻的——
乡村小学屋檐下瓦片钟的声音
锈迹斑斑的铁轨上
绿皮火车“哐当”“哐当”的声音
以及秋虫在深夜
敲击失眠少年小小心脏的声音
——滴滴，答答
时间一定是被什么碰撞了一下
时钟因此而变调

大雪之后

大雪下的大树是幸福的
严寒的日子
上天送来洁白的暖被
空气新鲜
啃食草木的虫子停住锋利的牙齿

更幸福快乐的
是依偎在厚厚的雪被里
深处的小草
她们嬉戏，打闹
不时露出光溜溜的小脚丫
或者伸出
机灵的小脑袋
睁着透亮的眼睛
星星般
闪烁在空旷的原野

观一幅冰上白鹭摄影

冰上起舞的白鸟，不是白鹤，不是白天鹅
是童年
在故乡常见的白鹭
她纤瘦的身姿，轻盈而灵动

她们仿佛故乡隐退的青山、河流
存在梦中
岁月的钟声在即将来临的 2022 年跨年夜
再一次敲响，愿你心如故乡的白鹭

在这多情的人间
自由飞翔

双峰山冬日旧靶场

裸露的断壁与蓝色的水面
呈 90 度对立
荆木黄叶与枯草
在彼岸凝视
天阴，正好保持拍照的光度
生活在都市的人
总想在繁华的时候找点沧桑
石壁是采石留下的
湖水由雨水汇集而成
骑行者所想到的
是这般青藏高原深处的荒凉
如此虚构

冬　至

只在一年中最漫长的一夜，春天
悄悄上路
白昼自此渐渐变长

婴儿似的春天
阳气初萌，多像你
那年落地的啼声
清脆地
回荡病房中

——绿色的小星星在园圃的枯叶下
鸟儿在光秃秃的紫荆上
跳来跳去

低　谷

低谷是一粒种子，从空中落下
掉在光滑的水泥地上
弹起来，又掉进水泥地面的裂缝里

像生活中太多的遭遇
没有人拉一把
也没有阳光和雨露的牵挂

但往往是，种子将水泥地面顶开
发芽，长大，开花

不　安

时光被抹上黄油
周一至周五
“呼啦呼啦”地似一节节车厢
擦身而过

我盯着车窗中远去的人
细细数着，周一有谁
周二有谁，周三有谁……

仿佛一个瘾者

雪从北方来

忽而雪。清晨推开窗
它们像一个个顽皮的孩子，飘进来
舞姿轻盈柔美
仿若岁月的初心，玲珑剔透
一颗一颗，一瓣瓣
在一年的结束中
在新的一年开始之际
洒在大地上
光秃秃的树枝，绿色的麦苗
人们的心
无论过去一年的悲伤欢乐
成功失败，新的一年
再一次开始

在门诊大厅

随着知识积累，我能认出
门诊大厅更多的人：
感冒，高血压，糖尿病，心梗，等等

在透析患者中
他总是自带小拖车，吃力地搬运透析液
才 30 岁，医生说是药物引起的
等待换肾
而另一个长得好看的女孩才 20 多岁，癌症
上周去世

为此，我突然觉得什么都不懂
像一台发药机
简简单单发药多好

所遇固执的人

总要有一个神住在他心里

早年心是空的
恶神住进来了。为此他
把善神堵在门外

牢狱出来后
周围的亲人走了，体面的工作
也没了。问他还信吗
“什么都没了
再没它，真的一无所有”

黑暗之中

黄昏后驶上福兰线
光线渐暗，开小灯。那么多的车穿梭着
驶向黑暗中

如果把速度放慢些，慢到几分几秒
十万、百万分之一秒
一定能停驻在光明与黑暗的分水岭

但车流依然固执地飞速向前
打开的车灯，像是黑色夜幕上
一块小小光亮的补丁

冬天的小白菜

突然，暗处蹿出一个人
在院子角落
吓一跳
我认出，是住在前院的孙婆婆
“我在给白菜盖被子
夏天太阳大的时候也给它们盖上”
(几株种在泡沫盒中的小白菜)
“这才几棵菜啊?”
“几片叶子也是菜呢!”
她的儿子家庭条件也不错的
没住一起
我知道，她呵护的一定不是菜

初　冬

清晨我看到一群美丽动人的小姑娘
在汽车上跳舞
她们曼妙典雅的舞姿被
凝结在挡风玻璃上，拥挤着，重叠着

她们一定是昨晚趁着夜色悄悄来的
黎明前来不及离开
你看，这是她的笑脸
那是她的发丝。而其中另外几个女孩
的手臂和长腿被穿插交叠着
她们飘起的裙摆

“她们是雪的妹妹”
我坐在驾驶室想着
轻轻启动发动机，打开暖气
看着她们融化
——水珠的聚合，散开
像一张张熟悉的脸，幻化消失

秋天的花布裙子

在四姑山，漫山遍野的花布裙子
这深红的、黄色的、绿色的
还有枯褐色的、灰色的、土色的
编织在一起的花形
偶尔有鲜红的，及人工栽种的金色菊花
像是被另外绣上去的
而它所用的面料
一定是粗棉布、麻，或者毛呢
你看，它的厚实、沉积、凝重、苍劲
绝不是羽纱所能比的

它要面对秋风、寒霜，和即将来临的冬天

立　冬

苦瓜藤正在瘦下去，
苦瓜的脸一半是青的，一半是黄的，
这长满疙瘩的脸更加难看。
身后的秋天，
将在未来的日子被淹没，被怀念
一条凝重的花布裙子。

夜幕降临，寒气
像一些坏人从黑巷中蹿出来。
打劫我的毛衣、我的秋裤。
我环抱双臂，
拼命地捂紧我的衣衫。
小区花坛
盛开的菊花，在路灯下笑。

观音岩

据说人的面相四十岁前随父母
四十岁以后
是个人生活境遇与修行的呈现

我家乡附近有个地方叫“观音湖”
前几年有人在湖边的山崖上
建一寺
并从外地请回一尊观音佛像
周围很多人前来上香
某日我也来到这里
从远处看
整个山崖怎么那么像一尊观音像
而这
四十年前谁也没注意到

此网，彼网

清晰记得当年父亲在树下补网
那时候他常常撒网打鱼
小鱼小虾网中乱跳

现在看到更大的一张网
网里众多的质点
——人、事物，或者其他什么东西
看得见的
看不见的。或者看得见而又不被人留意的
大量信息像一条条鱼
被捞起来
而总有一些人，被网遗漏的
他们想尽办法留在网中
被世界关注

多少次我也想织一张自己的网
依靠细密网眼
把生活的琐碎留下来
为将来渐渐的失忆
还能记得什么

房　子

曾经住过的人
在时间的墙壁中一点点透过墙缝
离去。消失更接近于
事物本质
正如故乡再也回不去
童年在旧宅告别

包括后来购买拥有 70 年产权的房子
也在不到 10 年被更名
两人一起生活过的地方
没有我也没有她

现在住的房子
也终会离我们而去

隐处的生机

生命正在冰层攻坚
你能听到铁锹
铲动石头、冰块的声音
——严冬的宁静中
种子的呼吸声
鸟鸣拨动落光叶子的树枝

我钦佩这些冬天的生灵
看得见的看不见的
它们在不同的轨道上各自飞行
没有哀怨
也没有落寞
无论是磐石、冰雪，还是寒风
都是为它们装扮
为它们击掌
其中也包括人类

有生之年

50 岁以后，最多的是遗忘
前几天的事
可能就不记得
刚刚关上的门，怀疑是否锁好
而前 50 年的事，依然清晰

他常常在睡梦中惊醒
懊悔过去的遗憾
回忆那些痛，和爱
他半夜从床上坐起来
用笔记下

余下的日子。他或记下更多东西
逝去的，进行的
同时他也将某些账目划掉
了结的、过期的呆账
——一笔不剩。他幻想一滴雨从天空落下
留下痕迹

除夕爆竹

不同的竹子不同的命运
它们在除夕
这最漆黑的一夜
新的一年来临之际
暴动

她们发出巨大的声响
她们闪耀艳丽的火光
为了自由
为了爱情
为了驱逐“年”的魔兽
或其他什么的
她们化作尘埃随风飞去
消失在黑夜中

她们必将出现
在第二天清晨的大地上

窗　花

被剪去的一定是岁月中
过于繁重
最多余的部分
留下的才是生活本质

粘贴在窗户上
竹子，青草，“春”，“囍”
还有更多的

它们是生长在内心深处的世界
在喜庆的日子
被一双巧手轻轻剪出来
鲜活可见

老 屋

在冬日枯萎的一年生草本
和落光叶子的小树中，若一个身患
恶疾的老人
肌肉溃烂露出骨头
——墙壁倒塌后的骨架、梁柱
还有那些黄色土墙蚀化后露出的芦苇条
像一根根人体的经络
似乎依然坚守着某种机体的功能

当年几棵粗壮的刺槐、臭椿、苦楝
仿佛它们令人不待见的名字
不见踪迹
留下房前屋后不知名的灌木、藤荆
一段老时光总会被新的日子代替
那些老屋和那些人一样
终会离场。新的房屋与新的主人
姗姗走来
他们身着新时代的外衣闪闪发光

元宵节观水上花灯

高高的莲叶像撑起的巨伞
荷花浮在水面

三五成群的人谈论着什么
嘀咕的水牛

蜗牛扬起巨大的鼻子
腾跃的龙，张着血盆大口的狮子

画舫，抚琴的古装女子
隐约大珠小珠落玉盘的声音

……

这些域外生灵闪耀着光芒
仿佛黑夜中从水底突然钻出来的

岸上游人熙熙，像在寻找花灯中的亲戚

情人节兼致元宵节

雾在曦光中像白色的羽纱
散落在田野
我想起你喜欢的带白色羽纱的衣衫
车前偶尔笼起的团雾
疑是你的倩影
——身着一袭飘逸的拖地长裙
当车渐渐靠近
我看到它慢慢站起身子
白雾中，似乎有一双明亮的眼睛
惊喜地看着车过去
我凝视着反光镜中的团雾越走越远
渐渐消失在这个清晨
的福兰线上

雨　水

下午如期而至的雨滴
打在玻璃上
像一只只幻化的小蝌蚪移动

草坪上新发的小草
悬铃木的枝芽
脱下冬天枯黄的外衣

尽情地享受春雨的滋润
雨水爱着它们。我也爱它们
春天生出无数的爱恋

此刻，我在紧闭的铁门里
多想到外面走走
与青青植物相爱，与雨水相爱

土地里长出什么

在福兰线，我看到公路两侧的田野
油菜、水稻，和树之外
还总能长出一些奇怪的东西

比如在秋天
我亲眼看到土地里长出的收割机
爬上公路，穿来穿去
还有收割后的田野
长出一群小鸭子，被从公路这一侧
赶向那一侧

而在冬天，则有更多体型硕大的绵羊
从土里长出来
一只只蹲在田野上
它们头顶的一角
还被插上一面小红旗
白色的肚子里
装满绿色的蔬菜与瓜果

至于绵羊另一侧
土地里长出几方水塘

水塘上空
被黑色的丝网整体网住
不知为什么
我惊喜于这些奇怪的事物
常为 40 年前
这里年年生长的红苕与萝卜而难过

图书在版编目（CIP）数据

黑夜的火车 / 蒋红平著. -- 武汉 : 长江文艺出版社，2024.8
ISBN 978-7-5702-3647-3

Ⅰ. ①黑… Ⅱ. ①蒋… Ⅲ. ①诗集－中国－当代 Ⅳ. ①I227

中国国家版本馆 CIP 数据核字(2024)第 104524 号

黑夜的火车

HEIYE DE HUOCHE

图书策划：熊 颖

责任编辑：王成晨　　责任校对：毛季慧

封面设计：源画设计　　责任印制：邱 莉　王光兴

出版：长江出版传媒 | 长江文艺出版社

地址：武汉市雄楚大街 268 号　　邮编：430070

发行：长江文艺出版社

http://www.cjlap.com

印刷：武汉市籍缘印刷厂

开本：880 毫米×1230 毫米　1/32　印张：6

版次：2024 年 8 月第 1 版　2024 年 8 月第 1 次印刷

行数：3858 行

定价：59.80 元